팽이는 서고 싶다

팽이는 서고 싶다

박영희 시집

창비시선
209

차 례

제1부

접기로 한다

요즘 아내가 하는 걸 보면
섭섭하기도 하고 괘씸하기도 하지만
접기로 한다
지폐도 반으로 접어야
호주머니에 넣기 편하고
다 쓴 편지도
접어야 봉투 속에 들어가 전해지듯
두 눈 딱 감기로 한다
하찮은 종이 한장일지라도
접어야 냇물에 띄울 수 있고
두 번을 접고 또 두 번을 더 접어야
종이비행기는 날지 않던가
살다보면
이슬비도 장대비도 한순간,
햇살에 배겨나지 못하는 우산 접듯
반만 접기로 한다
반에 반만 접어보기로 한다
나는 새도 날개를 접어야 둥지에 들지 않던가

마흔

마흔이 되자
서른은 외아주머니마저 떠나고 없는
외가와 같았다

서른에서 마흔으로 이어지던
계단은 그 어디에도 보이지 않고
외출이 뜸해지면서 자꾸만
페이지 속 활자로 눕고 싶은

질주가 멈춘 거리엔
건널목만 선명하다

세상은 변한다, 그러나

세상은 변한다
변해야 새로운 것이 생겨나고
새날이 밝아오고
우리는 살맛이 난다
그러니 사람들이 좀 변했다고
슬퍼하거나 섭섭해하지 말 일이다
죽는 그날까지 싸움만 할 것인가
죽는 그날까지 편가르기만 할 것인가
잠시 저 미풍에 보릿모가지 흔들리듯 흔들리되
함께 놀아나지는 말 일이다
세상이 변하고
사람도 변하고
변할 것들 변하고 다 변하여도
내 밥그릇 빼앗겼던 그 설움까지 변할까
양 손목에 수갑 채워지고 포승줄에 온몸 꽁꽁 묶인 채
개처럼 먹어야 했던 가다밥 잊힐까
문제는 내 배가 부르다는 것이다
내 배가 불러 옆집에 불이 나면

그것도 심심찮은 구경거리가 된다는 것이다
끄떡하면 싸움판이나 벌이는
지지리도 무식한 저것들이 이젠
밉기도 하는 것이다
그러니 이제부터는 세상이 변했느냐고 묻기 전에
당신의 배가 무엇으로
얼마만큼 부르냐고 물어보아야 한다
그래야 미워해도 덜 미워하게 되고
그래야 섭섭하더라도 덜 섭섭한 것이다
내 배가 고프지 않는데 어떻게
기나긴 밤이 지나고 새벽이 지나고
동이 터오도록 피어오르는 구로공단의 굴뚝연기를
본드처럼 흡입할 수 있겠는가
이제부터는 옷을 자르르하니 입지 않은
그 사람을 더 수상히 여길 일이다
무식한 우리 아버지의 말을 거역하며
변하는 건 세상이 아니라 그 세상을 만들고 이끌어가
는 장본인이
사람이라고 주장하는, 그 사람을 경계할 일이다

도장꽃

당신은 왜
꾹꾹 눌러 찍어야 피어나는 것입니까
위에서 아래로
내려찍어야 이마도 보이고
코도 보이고
가슴팍 선명해지는 것입니까

파릇하니 싹들 돋아나고
너나없이 꽃들 피어나는 봄이면 지고 없다가
찬바람 부는 가을이면 주황빛 감처럼
빨간 사과처럼 익어가는
당신,

철없던 시절
그 수많은 이름표 다 잃어버리고
상처뿐인 이름 하나 목도장에 아로새겨 넣을 때
명자꽃처럼 붉게 피어나던
당신,

당신은 누구십니까

중심

사람의 깊이를 모르겠다
어제의 얼굴이 다르고
오늘 얼굴이 다르다

저렇게 넓은 집에서 어떻게 시가 나올까
저렇게 윤기나는 밥상에서 어떻게 소말리아가 보일까
저렇게 멋진 자가용을 타고 다니면서 어떻게 실직자
들이 보일까

노을의 실체를 알고부터였다
오랫동안 헤어져 지낸 친구를 만나
차를 마시고 술을 마시고 노래를 불러도
마음이 열리지가 않는다, 저 삶이 정말 정당한 것인지

오죽했으면 사람의 깊이를
패랭이꽃에게 물었으랴
오죽했으면 사람의 깊이를
날아가는 새에게 물었으랴

14

오늘도 나는 잔가지만 잔뜩 보고 돌아와
꽃병 가득 꽂혀 있는 장미를 들어낸 뒤
꽃병 안만 들여다본다

눈물로 꽃을 키우다니……!

곰소 잔디다방

채석강 다녀오다 언 몸 녹이고 싶거든
곰소에나 한번 들러보게
그곳에 가면 터미널 건너편에
다방 하나가 육십년대 풍경을 하고 있나니
자네가 들어서면 아마
제대로 삭은 조개젓 마담이
얼른 커피 한잔 끓여 내주고는
후라이팬에 안주 볶느라 분주할걸세
고만고만한 동네 여자들 제다 불러놓고
주방 옆 테이블에 제멋대로 둘러앉아
소주잔 기울여가며 화투장 넘기고 있는 걸 보노라면
자네도 시커먼 커피 내치고
꼽사리 끼고 싶어 안달일걸세
그래도 조심하게나
그 풍경에 넋이 나가 버스 놓친 사람 한둘 아니거든
아, 그리고 잊지 말게나
여기저기 구멍난 소파가 자네에게
뭐라고뭐라고 수작을 부려올 텐데

그러거든 못 이기는 척 슬쩍 한번 물어는 보게나
하룻밤 묵어갈 여인숙이 어디 없겠느냐고
싱싱하진 않지만 곰소에는
갯바람에 곰삭은 조기새끼가 제법이거든

연필

꼴 베는 낫으로
연필을 깎아주었던 낭규머슴
밥태기꽃 피어나고
자운영 풀꽃들 숲을 이루면
도지는 병처럼 낭규머슴 생각난다

아버지 술 취한 날이면
부러진 연필 숙제장 챙겨
소죽 쑤고 있는 머슴방으로
숨어들었던,
낭규머슴 낫 들고 연필 깎으면
나는 아궁이에다 고춧대도 밀어넣고
깻대도 밀어넣고
침 잔뜩 발라 서툴게 풍년초 말아주면
낭규머슴 좋아라 육자배기 불러대고

그 어떤 씨앗 잡풀 한포기도
내치지 않는

저 들녘 초록으로 물들면
연필 깎아 편지 한통 쓰고 싶어진다

촛불 켠 밤

오백원 동전 한닢이면
방안 가득 채울
환한 선물 사고도 남으런만

부끄러워라
부끄러워라

나의 罪를 회개하게 하소서
나의 義를 회개하게 하소서

팽이

옳게 한번 서보기 위해
아랫도리에 핏물이 든다

채찍을 피하지 않는 저 당당함!
줄에 목을 매고도 포기 않는 저 뜨거움!

일어서고 싶거든
한번 사무쳐보라
바람 같은 원한이어도 좋다
팽이는 서고 싶은 것이다
어떠한 빙판 위에서라도
중심을 잃고 싶지 않은 것이다

국가보안법

아무리
아름다운 이름으로 바꾸어도
나는 불러줄 수 없네
못처럼 박혀 있는 건
남산 지하실,
햇살 한줌 보이지 않던
치떨리는 곳
이름 바꿔 되는 게 있었던가
나는 믿지 않으려네
두 번 다시 속지 않으려네
내 눈에서 사라지는 날
내 앞에서 고꾸라져 죽는
그날,
배다른 새끼일망정 그때
불러주려네
어찌 눈 덮인 저 들녘을 보며
함부로 감탄사를 찍겠는가
발자국 남기겠는가

봄은 기다려서 오는 게 아니었네
돋아나는 새싹들에 눈멀고
피어나는 꽃들에 그만 속아
얼마나 오랜 세월 가슴 쳤던가
죽어야 하네
죽어야 하네
내가 지금 내밀 수 있는 건
언 땅에 그 뿌리가 살았는지 죽었는지
그걸 확인하는 일,
새싹들이 눈뜨기 전에
나는 한자루 낫을 들고 있으려네

옥류관에서

맛있다고 해서 먹어는 봤다만
옥류관 냉면 가시처럼 목에 걸리더라

자가용 없는 인민들
꿈도 못 꾸겠구나 하는 생각 미치자
소주만 생각나고
문목사가 다녀간 자리에 앉아 있는데
가시방석이더라

아무리 둘러봐도
버스정류장은 보이지 않고 자가용만 즐비하고
뭐라도 훔쳐먹은 놈처럼
서러움만 씹히더라
대동강이 시퍼렇게 날 선 이유를
그제야 알겠더라

나의 잠언

입 닫고
귀 열어라

어떤 노래가 들려오는가
누구의 말이 못이 되어 박히는가

계곡은
함부로 물을 흘려보내지 않는다

두 개의 눈은 빛나지 않아도 좋다
시력을 잃어도 좋다

손이 말하게 하라
발이 말하게 하라

제2부

당신은

당신은
나의 눈이십니다
그래서 당신이 없으면
나는 맹인이 되고 맙니다

당신은
나의 입이십니다
그래서 당신이 없으면
나의 입은 진흙탕이 되고 맙니다

당신은
나의 가슴이십니다
그래서 당신이 없으면
나의 가슴은 무덤이 되고 맙니다

당신은
나의 손이시며
나의 발이시며
나의 길이십니다

꿈

속옷 갈아입을 때마다
꿈꾸는 것 하나 있습니다
어항 속 물고기처럼 한번
투명하게 살아봤으면 하는 것입니다
저 작은
몸짓의 진실 온몸으로 받아들이는 것입니다
실핏줄 같은 창자 다 드러내 보이고도
부끄럽지 않은,
어항 속 물고기처럼 한번 갇혀봤으면 하는 것입니다

아버지에게 가는 길

가고 싶지 않았으나
나는 빈손을 내밀러 가야 했다
아버지가 오라 하지 않아도

그 집엔 언제고
엄마보다 젊은 여자가 있었다
나를 낳았다는 아버지는
늘 분내나는 그 여자 곁에 있었다
살갑게 구는데도 정들지 않던,
봐도봐도 낯이 설던 그 여자 앞에
궁핍한 손 쫙 펴 보이면 여자는
열두살 내 빈손에 일용할 양식과
겨울날의 햇살과
비웃음을 가득 채워주었다
그걸 손에 쥐고 집으로 돌아오면
아는지 모르는지 어머니는
어떨 땐 달뜬 얼굴로
어떨 때는 폭폭 한숨을 내쉬며

밥을 지으셨다

어머니는 매번 나 때문이라고 하셨지만
나는 엄마 때문이라고 생각하였던
그 길,
아버지에게 가는 길

돌아오는 길은 멀었다
언제고 눈물이 났다

꽃은 먹어야 향기가 난다

집안에 무얼 심기보다는
산에 들에 피어나는 꽃만 바라보아도
눈이 부시고 배가 부르던

목련꽃 산수유꽃으로는 안되겠습니다
울타리 울타리 개나리 피어나고
앞산 뒷산에 참꽃 만발해야
비로소 봄입니다

앞산에 올라 참꽃 따먹으면 사월이고
두엄벌에 올라
배가 부르도록 아카시아꽃 따먹으면 오월이고
아카시아 질 때면 감꽃이 피어나고
감꽃 질 때면 뱀딸기가 익어가고

향기는 코끝에 머무는 것이 아니었습니다
하루도 빠짐없이 주막을 들러서 오는 아버지처럼
입안 가득 고여 있던 봄

적선하듯 속눈썹 하나 뽑아주고 먹었던
뱀딸기처럼 뒤숭숭하니 똬리를 틀던 여름

찬바람 불어 기운 빠진 아버지
거릉에 나가 웩웩, 한바탕 토해내고 나면
허옇게 서리가 내리고 송이송이 눈이 내렸습니다
다음날 아침 거릉에 나가 보면
우리가 먹었던 아카시아꽃들
앞산 가득 눈꽃으로 환했습니다

아내의 브래지어

누구나 한번쯤
브래지어 호크 풀어보았겠지
그래, 사랑을 해본 놈이라면
풀었던 호크 채워도 봤겠지
하지만 그녀의 브래지어 빨아본 사람
몇이나 될까, 나 오늘 아침에
아내의 브래지어 빨면서 이런 생각해보았다
한 남자만을 위해
처지는 가슴 일으켜세우고자 애썼을
아내 생각하자니 왈칵,
눈물이 쏟아져나왔다
산다는 것은 이런 것일까
남자도 때로는 눈물로 아내의 슬픔을 빠는 것이다
이처럼 아내는 오직 나 하나만을 위해
동굴처럼 웅크리고 산 것을
그 시간 나는 어디에 있었는가
어떤 꿈을 꾸고 있었던가
반성하는 마음으로 나 오늘 아침에

피죤 두 방울 떨어뜨렸다
그렇게라도 향기 전하고 싶었던 것이다

노래에 관하여

너희들 고등학교에 다닐 때 나는 가방공장 시다였다 단 한번도 그 바닥을 드러내 보인 적 없는 샘물 마셔가며 너희들 얼굴 그을릴 때 나는 수도꼭지 빨던 서울의 공돌이었다

이런 내가 설날이나 추석에 내려오면 수자네 집이나 윤봉이네 집에 모여 나를 불러냈던 너희들, 열여덟 공돌이가 담배 피우고 술 마시면 괜찮아도 너희들이 그러면 이상해 보였던 그 시절, 공화당 시절 보해소주에다 환타 섞어 너희들 노래라는 걸 불러댔지만 그 노래는 그다지 오래가지 못했다 레퍼토리가 뻔했다 오동잎이 한 잎 두 잎 떨어지던가 낙엽 지던 그 숲속에 파란 바닷가만 철썩거렸다

바로 그때부터였다 바로 그때부터 나의 노래는 시작되었다 열여덟 그 봉긋한 유방을 가진 계집애들 앞에서 나는 스타 아닌 스타가 되어갔다 순전히 노래 때문이었다 너희들의 노래는 모두 합해 스무 곡 정도에서 마침내 그 바닥을 드러냈지만 나의 노래는 서른 곡이 넘어가고 쉰 곡이 넘어가도 끄떡없었다 두만강 푸른 물 따라 흘러

가버린 한물 간 노래도 척척 뽑아댔고 서너 곡의 팝송쯤이야 식은죽 먹기였다 그러면 너희들은 놀란 토끼눈으로 어떻게 그 많은 노래를 알고 있느냐며 부러워했던가 그날밤 미수는 단둘이만 있고 싶다며 바닷가 쪽으로 슬며시 내 손을 끌기도 했었지

그러나 나는 말해줄 수 없었다, 그 비밀을 왼종일 라디오를 틀어놓고 일하기 때문이라는 것을.

몸살

머리가 지끈거리더니 콧물이 흐른다

마침내 편도가 서고 온몸이 불덩이다

이렇듯 감기는 한순간에 합병증처럼 온다

너도 한때 이렇게 온 적 있었다

그래서 나를 눕게 했던.

그리고 십년
안흥리 누이에게

이제 눈물은 거두어도 되는 것인가
말하지 못하고
그 누구에게도 말하지 못하고 품어야 했던
피멍든 말들을
이제 쏟아내도 되는 것인가

스무살 너를 두고
추수 끝난 허허벌판 지나
안흥리를 떠나올 때
서른살 내 가슴에 묻어둘 수 있는 건
아무것도 없었다
마르지 않은 눈물과 허탈한 발길뿐이었다

순안비행장엔
추적추적 가을비가 내리고
입에 문 영광담배는
한해 농사를 작파해버린 농부의 탄식처럼
바삭바삭 타들어가고

닷새 만에 돌아오는 길은
떠날 때의 심정이 아니었다
손끝까지 전해오던 그 떨림은 온데간데없고
자꾸만 눈이 감겨왔다
어서 떠나왔던 곳으로 돌아가
감옥에 갇히고 싶었다

그리고 십년,

나는 그동안 아무것도 하지 못했다
앞서가는 것도 무서웠고
뒤따라갈 자신도 없었다
나를 일으켜세운 건
사랑하는 아내도
끝까지 버팅기고 남아 있는 동지도
눈물겨운 시도 아니었다

나를 일으켜세운 건
평안도 용강에서 농사를 짓고 있다는 네 아버지와
전라도 무안땅에서 왼종일 땅만 파는
무지렁이 내 아버지의 탄식이었다
태풍에 쓰러진 벼포기들을 일으켜세우던
그 거친 손길이었다

아, 저 판문점을 다시 볼 수 있기까지
아, 경의선의 풀숲과 저 지뢰를 걷어내기까지
강물은 얼마나 암담하게 흘러갔던가

슬피 우는 건 한탄강만이 아니었다
대동강은 시퍼렇게 멍들어 있었다

최후진술

피고인,
피고인은 왜 자꾸만
북한을 조국이라고 하는 겁니까

판사가 물었다
내가 대답했다

그럼 금강산은 어느 나라 산입니까?
백두산은요?
그야 두말하면 잔소리지요
우리나라 산이지요

이유는 그것입니다.

도시인

식염수를 넣어도 눈이 침침하고
위장은 밥을 두려워한다

방금 화장실을 다녀왔는데도
방광이 새는지 개운치가 않고
밥을 위해 바치는 노동이 안타깝다
언제까지 밥,
밥을 위해 노동을 해야 하는 것일까

나는 환자복이 입고 싶어진다
작업복 대신 환자복을 입고
멋진 오페라를 부르고 싶은 것이다

어디엔들 꽃피지 않으랴만
어디선들 살붙이고 못 살까마는

이미 죽은 닭을 삶아먹어야 한다는 것이 슬프다
핏물 뚝뚝 돋는 쇠고기를 씹어가며
사랑을 노래해야 한다는 것이 슬프다

관절

나이 서른에 관절을 앓기 시작한다
남산 지하실을 다녀온 뒤부터다
한달 남짓 침도 쑤셔보고
지루하기 짝이 없는 물리치료실에 누워
별별 생각 다 해보았지만
그때마다 내가 꿈꾼 건
좌변기가 있는 곳으로 이사를 가는 것이었다
한쪽 다리에만 의존하고 똥을 누다보니
똥 누는 일이 정말이지 고문과도 같았다
어찌 아침마다 똥을 누며
어금니 물지 않았으랴
화장실 벽을 주먹질하지 않았으랴
맨 처음엔 영문을 몰라하던 딸아이도
이젠 밥 먹을 때가 되면
아빠, 다리 쭉 뻗으라며 길을 내준다
그러나 나는 기쁘지 않다
내 나이 서른 몇은 고사하고
다들 무릎 끓고 기도할 때

그 무릎마저 낮출 수 없음이
마치 무슨 죄라도 짓는 기분이다

고추밭에서

느그들 말이여
어째서 꼬치나무에만 말뚝을 박는지
아냐?
아니요?
그럴 것이다
고것이 말이여 그랑께
가랭이가 찢어지는 것도 문제는 문제지만
꼭 고런 것만은 아니구먼
그라믄요?
그랑께 머시냐
주렁주렁 매달린 꼬치들 보라고
에려서부터 말뚝을 쑤셔박는 거여
썩어서 죽든
사그라져서 없어지든
한구멍만 쑤셔박고 살라고 말이여
인자 알겄냐?
시푸렇던 것들이
쪼깨 뻘간 물 좀 들었다 하믄

진득하게 못 있고
이 구멍 저 구멍 쑤셔대느라 난리거든
바로 고 작것들 땜에 그런 거여

제3부

봄이 오는 길목에서

그냥 가도 좋으련만
회색빛 겨울 하늘은 기어이
어머니 머리에 내려앉아
흰머리 한올 심어놓고 가고

지리한 겨울
대지보다 먼저 당신의 품으로
씨앗들 품은 채
밭은기침 몇번으로 지난 가을을 용서해버린
아버지는 파란 하늘에 파종을 하고

삼월이라 햇살도 고와
낮에 뿌린 씨앗들 밤이면 별로 돋아나
대지는 아침을 열고
하늘은 탄식을 걷어내고

마음

아프다고 해서 다녀는 왔다만
네 집 마당만 밟고 온 기분이다

꽃밭 한귀퉁이에 피어난
분꽃만 보고 온 기분이다

나를 찌르랴
저 소를 찌르랴

몸뚱어리 하나에서
하나의 몸뚱어리에서

각기 다른 이름으로 쪼개어지는 것이
나는 두렵다

꽃밭에서

봉선화 분꽃 피어 있는 꽃밭에서
스무살 시절을 생각해보았습니다
꽃밭 가득
온통 꽃들뿐이었습니다
꽃대도 이파리도 보이지 않았습니다
그러다가 서른을 생각하니
피어 있는 꽃들 어느덧 나이를 닮아갑니다
진분홍 봉선화는 나비를 부르고
코스모스는 잠자리를 부릅니다
잠시 눈을 들어 하늘을 보았습니다
구름인 듯 바람인 듯
쓸쓸하게 흘러가는 마흔,
마흔을 생각하니 옛사랑의 그림자가
꿀벌들처럼 잉잉거리며 꽃밭 주변을 맴돕니다
그런데 이게 어찌된 일일까요
쉰은 온데간데없고
어느새 예순이 되어버린 나는
꽃보다는 씨앗에 눈이 먼저 가는 겁니다

꽃 지는 건 두렵지 않으나
씨앗들 썩을까봐 장마가 염려되는 겁니다

오늘은
꽃밭에서 한 생애를 다 살아버렸습니다

먼저 도착한 계룡산에서

마흔 다 되도록
동창회 한번 나가보지 못한 나
가보고 싶어도 가보고 싶어도
학교라고 다닌 건 딱 한차례뿐이어서
굿이나 보고 엿이나 먹어야 했던
나 오늘, 설레는 가슴으로 집을 나섰네
이런 날 쓰지 않으면 두고두고 후회할 것 같아
지갑도 두툼하게 채워 왔네
달랑 졸업장 한장 받아쥐고 서울로 떠난 놈들
관광버스 대절해서 내려오고
밭둑에 떨어진 씨앗처럼 여기저기 흩어져 사는 놈들
목포역전에서 모여 올라오고
그런데, 왜 이렇게 눈물이 나는가
가만 보니 나만 혼자였네
사생아처럼 나만 떠돌았네
춘배 고향 지키며 살 때 나는 부산에서 살았고
준호 서울에서 세탁소 차릴 땐 사북에 있었고
윤봉이 둘째 낳을 땐 형무소에 있었네

모임 장소인 저 계룡산처럼
우뚝 버티고 살았으면 좋으련만
넘실거리는 바다가 좋다는 이유로
나, 저 산만 바라보았네
허나 보시게, 길을 비켜 서 있는 저 바위와 나무들을
애초부터 나는 저 길을 좋아하지 않았네
셋이고 넷이고 일곱이고 여덟이고
나란히 한꺼번에 어깨 겯고 가는 길,
저기 내려다보이는 강처럼 바다처럼
살아도 함께 살고 죽어도 함께 죽는 길
하나뿐인 졸업장이 내게 가르쳐준 건 바로 그 길이었네

오만원

시 세 편 보냈더니 오만원을 보내왔다
어중간한 돈이다
죽는소리해서 응해줬더니
독촉 전화 잦은 『말』에 26,000원 보내주고
그 길로 시장통에 가 아내의 머리핀을 고른다
이것도 버릇인가,
원고료라고 받으면 늘 이렇듯
무엇이 되었든 하나를 남기려는 버릇이 있다
오천원짜리 오백원 깎아
머리핀 하나 사고
그래도 설레임 남아 아내에게 전화를 건다
당신이야, 나야, 우리 오늘 만리궁성에 갈까?
전화를 끊고 시계를 보니 5시, 아직도 한시간이 넘게
남았다
소주라도 한잔 걸칠까, 아니야,
지 엄마만 사줬다고 딸아이가 삐치겠지
남은 돈 계산하다 말고 내친김에
석 달 전부터 점포 정리를 하고 있는 신발가게로 향한다

점포 정리?
정리가 어디 그리 쉬운 일이던가
언론을 한번 보라지
정치하는 놈들은 또 어떻고
신발장 정리도 제대로 못하지 않던가
값이 헐한 운동화 한켤레를 사면서도 나는
아내가 좋아하는 잡채밥 한그릇과
딸아이가 좋아하는 오므라이스 값을 먼저 계산해둔다
짜장면 세 그릇은 어쩐지 서러워서다

녹차를 마시며

설명서에 쓰인 대로
설녹차 한 스푼 찻잔에 넣고
물을 붓는다

꿈틀꿈틀,
찻잔 속은 누에들 천지다
짓눌린 몸 일으켜세우느라 아우성이다

너를 기다리는 일도
너를 떠나보내는 일도
이만큼의 시간이었던가

참으로 삽시에
잊고 산 기억들 파릇파릇 눈을 뜨고
겨우 바닥을 채웠던 마른 잎들
다시금 되살아나고

어찌 기다림의 아픔 없이 목을 축이랴
어찌 목 잘리는 희생 없이 향기 있으랴

아이러니

저리도 많고 많은 노래 중에 왜 하필이면 가련다 떠나
련다란 말인가 어쩌자고 아버지는 못살아도 좋고 외로
워도 좋단 말인가

아버지는 노래를 좋아하셨다 농사꾼이 농사나 지을
일이지 나락 내는 날 아버지는 떡하니 손잡이 달린 축음
기를 사들고 오셨다 동네에서 두 대뿐인 라디오도 이젠
양이 차지 않으셨던 모양이다 그 덕에 알게 된 코맹맹이
이난영, 가슴 쥐어짜는 나애심, 비에 젖은 고운봉……
정말이지 아버지는 엉뚱한 양반이었다 라디오도 양에
차지 않아 축음기더니 이번엔 민비가 그립다며 흑백 텔
레비였다 농사일에 고단할 텐데도 아버지는 민비에 꽃
피는 팔도강산에 주말의 명화나 명화극장까지 보약 챙
겨 드시듯 꼭꼭 챙겨 보셨다 입도 맞추고 허리도 껴안고
아이 러브 유도 뱀 허물 벗듯 속삭여대는 낭만적인 그
이국영화를 말이다

그런 아버지가 어쩌자고 노래의 '노'자도 모르는 어머
니를 만났을까 목포의 눈물은 고사하고 텔레비만 켰다
하면 오분 이내에 잠들어버리는 어머니를

눈물어린 보따리에 젖어든 황혼빛 탓이런가

춘향이 터널

대구에서 우등고속 타고
씨팔씨팔 쌍팔고속도로를 신나게 달려
지리산자락 막 넘어서면
가랑이 찢어지는 데가 한군데 나오는디
저짝으로 찢어지믄
팔도에서 새복방애를 질로 많이 찧어댄다는 거시기가
나오고요
살을 비빌 때처럼 오른짝으로 바싹 붙어
한바꾸 삐잉 돌다보믄 그랑께
하, 고 이름도 이이쁜 춘향이 터널이 나오는디요
그 터널을 쑤시고 들어갈 적마다
먼 생각 헌 줄 알어요
역시 터널은 어두침침하고 웅숭혀야 지 맛이 난다는
거여요
티코가 지나가든
쏘나타가 지나가든
그랜저가 지나가든
절대로 싫은 기색일랑 말어야 헌다는 거여요

티코도 화가 나믄 쏘나타처럼
백이십은 거뜬하게 밟을 수 있걸랑요

셔터

한번의 셔터는 하나의 생명.

살아 있는 너를 간직하고 싶거든
함부로 누르지 마라
마음이 찍혀 나오지 않는 사진은
이미 죽은 사진,
죽은 시체를 찍고 싶거든
맘껏 눌러라
장난하듯 눌러도 좋다

숨을 죽이고,
침착하게,
사랑하는 이의 마음이 나와 일치를 이루었을 때
눌러라, 방아쇠를 당기듯

사랑하는 이의 눈빛을 찍는다는 건
곧 나를 찍는 일
변치 않는 사랑을 원한다면
함부로 누르지 마라

두부

어떤 것은 벗기면 초라해지고
저 잘났다고 설치는데
형체마저 알아볼 수 없이 으깨어진 콩은
뭉쳐서 네모난 두부를 만들고
어우러져 하나 되는 법을 가르친다
간장을 쏟아붓고
시어빠진 김치를 쏟아부어도
허연 살덩이는 꿋꿋하다
칼로 자르면 분배의 원칙을 가르쳐주고
시커먼 손으로 제 살 파먹으면
얼굴 마주하는 법 가르쳐준다
냉장고에서 꺼내 뜨거운 물 속에 처넣어도
넉넉함을 잃는 법이 없다
어떤 것들은 제 살 파먹으면
두 눈 치켜뜨고 지랄이건만
으깨어져야 비로소 하나 되는 법을 가르쳐준다

성묘

찾아오기만 하면 언제고 당신은
밤하늘의 별처럼 한곳에 붙박여 계시건만
못난 저만 바람처럼 떠돌았던 모양입니다
어머니,
죽어서도 당신은 자식들 기르실 때처럼
무덤의 잔디들을 키우시고
옥에 티 같아 쑥부쟁이 하나 뽑아낸 저는
공허한 자리를 눈물로 메웁니다
바람이 찬데 외롭지나 않으셨는지요?
이제나저제나 하시며
눈빠지게 기다리지 않으셨는지요?
정월 아침 새 세상을 보려면
섣달 그믐밤 당신의 동구 밖 기다림을 지나야만 하듯
자식 낳아 길러보니 알 것 같습니다
그때는 늘 혀가 모자랐습니다
눈에 보이는 대로 손에 닿는 대로만 살았습니다
뭍에 닿아야 할 배는 썰물을 만나
동동 마음만 앞섰습니다

어머니,
이렇듯 철모르고 피어난 풀꽃들 담아
술잔 채우니
한잔 쭈욱 드시고 오늘은
당신께서 즐겨 부르셨던 목포의 눈물이라도
한곡조 불러보세요
어느 길손인들 바람처럼 스쳐갈까요

제4부

증산역에서

그날도
이렇게 낯설었던가
손길 닿지 않아 가꿀 수 없는
숲처럼
소문만 무성하고
패배한 흔적들 잔인하다

라스베이거스를 출발한 카지노 열차는
시커먼 땅을 환하게 비춰주련가

꿈이 지루하다
십년 전이나 지금이나
첩첩 산은 저만 높아간다
증산역에 나와 모래알처럼 작아져도
끝내 열차는 오지 않고
자미원 구절리로 바람만 실려간다

눈을 감지 않아도 저무는 것들은
숲의 고요처럼 말이 없다

두 얼굴

고향에 오신 것을 환영합니다
—사북청년회
어둠의 땅을 광명의 땅으로 바꿉시다
—민주발전회 일동
폐광촌을 관광촌으로!
—주민대책위원회

아직 싸움은 끝나지 않았다
—도계주민대책위원회
우리는 더이상 물러설 곳이 없다
—도계탄광투쟁위원회
우리는 속았다 막장을 무덤으로!
—도계청년회

그랬었다, 이십여년 전 그때도 갱에 갇혀 죽은 남편을
위로하기 위해 세운 위령비를 쳐다보며 그의 아내는 과
부촌에 들어와 남편의 직장동료이자 남편의 친구에게
몸을 팔아야 했다.

69

북두칠성
석항에서

칠년 전의 사람들을
기억하는 동안
하나를 마저 채우지 않고도 집을 지은
밤하늘의 북두칠성을 보았습니다

어디가 머리고
어디가 발끝인지조차 알 수 없는

펼치면
파아란 선 하나 그릴 수 있고
둥그런 원 하나 그릴 수 있는

가쁜 숨 몰아쉬며 언덕배기 넘어가던
선탄부 김씨 그곳에 누워 있습니다

감옥에 들어가서

이제 올 데까지 다 왔다

여기서 더 갈 수 있는 길이 하나 있다면
그것은 죽음, 도적놈들과
살인자들과 함께 밥을 먹는 것이 아니다

창문을 열면 한눈에 들어오는
저 감시대 밑 사형장과 함께 밥을 먹는다

손님

옥창살 틈새로
도적처럼 들어온
햇살 한줌

겨울햇살 한줌이
숨죽인 채
지도를 그립니다
딸의 얼굴을 그리고
그리움을 그리고
고향집을 그립니다

열일곱 쪽
마루방에
라틴어로 시를 씁니다

접견을 다녀오면

접견을 다녀오면
마음씨가 스무살 처녀 살결 같은 함경도 최선생님이
꼭 물어오십니다
누가 왔시요
오마니?
누이?
어드렇게 생겼시요
거기도 철조망이 쳐졌시요
유리가 굉장히 두껍다는데 맞아요
이야기는 얼마나 했시요
십분?
이십분?
낸들 가봤시야 알지요
누가 찾아올 사람이나 있어야 가보디요
덴장,
삼십년을 살고시리 코앞에 거기도 못 가봤시니……

전향서

커피를 타오고
팔팔 딜럭스를 내밀며
한장만 쓰랍니다
산다는 건 어차피 사고 파는 장사,
요구 사항을 제시해보랍니다
그까짓 사상도 따지고 보면
계집의 하룻밤 품 같은 것
원한다면 사나흘 귀휴도 좋답니다
눈 딱 감고 한장만 쓰면 까짓것
밖에 나가 오입도 시켜줄 수 있답니다
내 돈 쓰는 것도 아닌데
뭐가 걱정이냐며 자신만만합니다
그러나 아버지,
저는 압니다
이들의 흥정에 응해주지 않아 받게 될
그 응당의 댓가를
모레쯤이면 아마 당신의 아들은
국가를 전복시킬 공산주의자가 되어

김일성 앞잡이가 되어
안동이나 대구로 이송 가 있을 겁니다
하지만 다 좋습니다
아버지, 그럴 수만 있다면 이 아들은
남산 지하실에서 만들어진
그런 간첩이 아니라 가차없이
아버지도 간나새끼 하며 없애버리는
진짜 간첩이었으면 좋겠습니다
저들이 그토록 원했던.

열쇠는 잠긴 문을 열지 않는다
갇힌 자의 노래 1

열쇠는 잠긴 문을 열지 않는다

내 입을 채워버리고
눈을 채워버리고
사랑을 채워버리고
내 눈물까지 채워버린다

뚜벅,
뚜벅,
누군가 긴 사방 복도를 걸어와
내 방문 앞에 멎을 때면
숨이 멎고
마지막 남은 내 귀는 열쇠 구멍이 되어
악,
비명을 질러댄다

가을 편지
간힌 자의 노래 2

바깥 세상에선 가로등이던 것이 감옥으로 팔려와서는
감시등으로 그 이름을 바꿔버렸습니다 내 이름 석 자 온
데간데없이 수인번호로 불리어지는 것처럼 당신의 편지
한통이 잊고 산 이름을 다시 깨워냅니다

고맙습니다

편지는 잘 받았습니다

벌써 가을입니까?

이곳은 봄과 가을이 없답니다 봄은 한통의 편지를 쓰
는 것만큼이나 짧고 가을은 면회 시간만큼이나 짧답니
다 쪼개어진 하늘만 바라보며 사는 이곳은 삼월의 하늘
을 올려다보기가 힘겨워 스스로 목숨을 끊는 사람들이
많아지기도 합니다 꽃이 없으니 꽃을 볼 수 없는 것처럼
나무가 없으니 어디에서 바람이 불어오고 가을이 깊어
가는지를 알 수가 없듯 눈을 뜨고 산다는 것이 가장 큰
불행이지요

또 밤이 깊어갑니다

콘크리트 벽과 마룻바닥이 죽은 시체처럼 싸늘해져
갑니다

단 하루라도 좋으니
갇힌 자의 노래 3

단 하루라도 좋으니
형광등 끄고 잠들어봤으면
누군가와 밤이 새도록 이야기 한번 나눠봤으면
철창에 조각난 달이 아닌 온달 한번 보았으면
단 하루라도 좋으니
따뜻한 방에서 한숨 푹 자봤으면
탄불 지핀 아랫목에서 삼십분만 누워봤으면
욕탕에 들어가 언 몸 한번 담가봤으면
단 하루라도 좋으니
흠뻑 비에 젖어봤으면
밤길 한번 거닐어봤으면
단 하루라도 좋으니
잠에서 깨어난 아침 누군가 곁에 있어 주었으면
그리운 이의 얼굴 한번 어루만질 수 있었으면
마루방 구석에서 기어나오는 벌레들 그만 죽였으면
단 하루라도 좋으니
딸에게 전화 한통 걸어봤으면
검열 거치지 않은 편지 한번 써봤으면

접견 온 친구와 한시간만 이야기 나눠봤으면
단 하루라도 좋으니
단 하루라도 좋으니
내 방문 내 손으로 열 수 있었으면

출소를 꿈꾸며
갇힌 자의 노래 4

출소하면 말예요
술도 안 마시고
밥도 안 먹고
연애도 안할 거예요

哭星場에 가
고무신부터 한켤레 살 거예요

그 고무신 다 닳도록
미친 듯 걸을 거예요

비오면
비를 맞으며

눈 내리면
눈을 맞으며

혼자도 좋고 둘도 좋고

걸을 거예요

밤이 찾아오면
하얗게 새벽이 밝아오도록
집시처럼,
집시처럼 걸을 거예요

제5부

바람

이름만 남고 노래는 죽었다

팔리는 모든 것들은
지난날의 노래들, 저자는 한산하다

저 바람처럼 살았으면 좋았을 것을
나는 당신의 당부를 기억하고 있고
파도처럼 한순간에 부서져버렸으면 좋았을 것을
나는 당신의 맹세를 잊은 적이 없고

짐도 부리지 않은 채 몸만 빠져나가던
당신의 뒷모습에서
나는 무엇을 보았던가
산이었던가 그림자였던가

바람은 여전하다
가뭄에 저수지는 마르고
나는 뒷모습만 보인다

저 산에 오르면 무엇을 볼 수 있으련가
저 강에 닿으면 누구를 만날 수 있으련가
바람에게 정체성을 묻지 마라
바람은 언제고 나보다 먼저 와 있었다

봄날

엑스레이 여섯 판 찍고
걸어서 집으로 돌아오는 길
너무 늦은 목련꽃을 보았습니다
옛 기억처럼 가물가물한
불혹의 산수유꽃을 보았습니다

푸른 이파리 한잎만 달고 피었더라도
쉬이 알아보았을 것을
이파리 한잎 달지 않고도
저렇게들 앙상한 몸으로 꽃을 피워내건만

집으로 돌아오자
애타게 우는 건 전화기였습니다
하지만 나는 받을 수가 없었습니다
아내가 퇴근해 돌아오도록
이파리 없이도 꽃을 피워내는
매화나 산수유만 생각했습니다

子宮讚歌

감사합니다
고맙습니다
오래 전 부모 곁을 떠나와 바람처럼 떠돌았던
나, 그동안 당신의 그곳으로 인해
얼마나 곤한 잠 들 수 있었던가요
어설픈 손짓들 죄다 날려버리고
가을산을 물들인 단풍처럼 철들었던가요
막 지은 쌀밥 한숟가락 목구멍에 삼켰을 때처럼
어떤 날은 왈칵, 눈물이 쏟아지기도 했습니다
변산반도의 어느 항구처럼
해송 몇그루 듬성듬성 심어져 있고
인적마저 뜸한 그곳을 지나 발자국 하나 뵈지 않는
백사장을 볼 때면 언제고 맨발이고 싶었지요
발끝에 와닿는 모래알갱이들의 감촉이라니요
봄이고 가을이고 잔잔한 그 바다에 몸 담그면
나는 늘 새로이 태어나는 기분이었습니다
내 몸속에서 숱한 물고기들이 헤엄치고 있는 것 같아
날이 밝은 줄도 몰랐지요

때론 오물을 받아내는 구정물통이 되기도 하고 묵상
하듯 묵묵히
눈물을 받아내어 보랏빛 도라지꽃을 피워내기도 하였던
당신의 그곳, 애써 용서라는 말은 하지 않겠습니다
용서란 얼마나 위험한 것입니까
아무리 명석한 두뇌를 가졌을지라도
아무리 잘난 얼굴을 가졌을지라도
당신의 그곳에 들기만 하면 초라하기 그지없었습니다
어찌 보면 서해의 게구멍 같기도 하고
어찌 보면 밭둑의 쥐구멍 같기도 한
당신의 그곳, 아마 서른이 지나고부터였을 겁니다
나는 그곳을 드나들 때마다 죄악을 씻는 기분이었습
니다
그 어떤 장벽도 가로놓이길 거부하던
당신의 정직한 몸짓 때문이었습니다
당신의 그곳에 드는 날이면
태워서 남는 건 재가 아니라 저 숱한
생명체를 키워내는 바닷속임을 알 수 있었습니다

한참을 거닐었는데도 길은 끝이 없고
스며든 빗물만이 씨앗들 싹을 틔우는 당신의 그곳
오늘 나는 당신의 그곳에 경의를 표합니다

할머니의 노래
나막신 타령

비오면 비와서 안팔리고
눈오면 눈와서 안팔리고
나막신만 비에젖어 떠내려간다
닐닐 닐닐리릴 닐리리야

처녀의 가슴은 물올라
열병나 시집을 가는데
물오른 나막신만 비에 젖는구나
닐니리 닐닐리릴 닐리리야

장가못간 장사꾼들
산을넘고 재를넘다
한숨폭폭 쉬어싸면
우리할매 사또가락
구슬재를 넘어간다
닐닐 닐닐리릴 닐리리야

올라가면 신관사또

내려오면 구관사또
가세가세 올라가세
젊은청춘 이고지고
과거보러 올라가세
가세가세 내려가세
젊은청춘 이고지고
농사지러 내려가세
니나니- 릴리리야 릴리리야 니나노

비오면 비와서 안팔리고
눈오면 눈와서 안팔리고
나막신만 비에젖어 서얼쿠나
닐니리 닐닐리릴 닐리리야

서해에서

또 무엇이 사무쳐
드러누운 갯벌은 일어설 줄 모르는가

사람이 바다를 닮아가지 못하고
산을 닮아간다는 것은 슬픈 일이다
자식이 아비를 닮아가지 못하고
제 얼굴만 하며 운다는 것은 비애다

보광동 미숙이년마냥
하루에도 두 차례씩 꼬박꼬박
아랫도리를 드러내는
西海, 그러나 말이 없다
이슥하니 밤이 찾아와도 드러누워만 있을 뿐
이제는 떠나고 없는 그림자 속에
입술 꾹 다문 채다

산처럼 살아간다는 것은 얼마나 숨막히는 일인가
바위처럼 살아간다는 건 또 얼마나 암담한 날들이었

던가
　사람이 바다를 닮아가지 못하고
　산을 닮아간다는 것은 슬픈 일이다

가석방자의 노래 1
밥상

일곱해 만에 돌아온 셋방,
아내는 밥상을 차린다
숟가락이 놓이고
젓가락이 놓이고
하얀 쌀밥이 그릇에 담긴다
그런데 누구인가, 나를 밀어내는 자는
쇠로 만든 숟가락이
쇠로 만든 젓가락이 나를 거부한다
전과자는 목구멍이 뜨거워진다
마루방 바닥에 날 지난 신문을 깔고
그 위에 식구통으로 들어온
보리밥과 다 식은 국 한그릇과
희멀건 김치가 놓일 때, 차라리 그것은 행복이었는지
도 모른다
밥을 혼자 먹어야 한다는 것,
밥 먹는 것까지 감시당해야 한다는 것
한숟갈의 밥 입에 넣어 씹다가
촘촘하게 박힌 쇠창살 눈에 들어올 때면

나는 동물원 울에 갇힌 원숭이를 떠올렸었다
숟가락질 멈추어야 했다
자꾸만 쇳덩어리가 씹히는 것이
한여름인데도 한기가 들곤 했다
낳은 지 다섯달 만에 헤어져
어느새 여덟살이 되어버린 딸아이는 애비를
기억조차 없는 시선으로 힐끔힐끔 훔쳐보고
먹어도 되는 것인가, 이 쌀밥을
유리창에 비치는 아침햇살이 눈물겹다

가석방자의 노래 2
불빛

저마다 사람들은 빛이 좋다는데
날벌레들도 불빛을 좇아 앞다투는데
아니에요 나는
빛이 두려웠어요
제복 입은 사내의 눈빛이 두려웠어요
시커먼 어둠을 끌어안고
울고 싶었어요
통곡하고 싶었어요
아니에요 아니에요
불빛이 두려운 나는 차라리 맹인이 되고 싶었어요
불빛에 항복해서 꽃을, 꽃을 피우고 싶었어요
살아있음을 확인하고 싶어
나무들을 키우다 불빛 때문에
꽃을 피우지 못하는 꽃나무들을 지켜보면서
얼마나 울었는데요
남은 내 피로 피우고 싶었어요
한떨기 동백꽃을
불면증에 시달리느라 야위어가는

꽃나무들을 지켜보면서 사형수의 고통은
아무것도 아니라는 생각이 들었어요
나에게서 불빛만 거둬간다면
십년이고
이십년이고
정물화처럼 살 수 있을 것 같았어요
더덩실 춤이라도 출 것 같았어요
사람을 미워하지 않고
사람을 증오하지 않고
죽음의 그 먼길까지도 기꺼이
따라갈 수 있을 것 같았어요
불빛만 없다면
나를 감시하는 그 눈빛만 없다면.

가석방자의 노래 3
투표

일곱 해 동안
인간 취급 한번 못 받고 살았으니
이번 총선만큼은 딸의 손을 잡고 나가
투표함에 보란 듯이
한 표를 넣는 게 저의 간절한 소망이었습니다
그러나 나는 가석방자,
국가보안법이 뭔지도 모르는 딸아이는
아침부터 졸라댔지만 애비인 나는
단 한발자국도 떼놓을 수가 없었습니다
대문이 감옥 문처럼 보이는 것이
어찌나 완고한 몸짓으로 다가서던지요
딸아이는 활시위를 당기느라 여념이 없고
애비는 과녁이 되어 피를 흘리고
화가 난 건 아내였습니다
투표하러 가자며 졸라대는 딸아이를
부엌으로 데리고 들어가는가 싶더니
얼마 지나지 않아
방안에까지 흐느끼는 소리가 들려왔습니다

대한민국에 살고 있으면서
대한민국 국민이 될 수 없는,
감옥에서도 오늘같이 부끄러운 날은 없었습니다
국경일을 맞은 감옥에서처럼
햇살 한줌 구경할 수 없는 남산 지하실에서처럼
오늘 하루는 또 한번 내가 죽는 날이었습니다

가석방자의 노래 4
우나기

불륜의 아내를 죽인 그는
팔년 만에 세상에 나와
다시 감옥으로 돌아갔다
아내를 죽인 식칼 대신
맨주먹을 움켜쥔 채 남긴
한
마
디,

나는 잃을 게 없는 보통 시민이야!
나는 잃을 게 없는 보통 시민이야!

시인과 청탁

내가 시인이라는 걸 알고
별 네개째인 정형이
연애편지 한통만 써달라고 한다
신발 바꿔신기 직전인
애인, 맘 돌릴
기막힌 편지 한통만 써달라고 한다
옆방 개털은
무죄 주장은 좀 뻔뻔한 것 같고
판사 지놈도 결국엔 인간이 아니겠냐며
선처를 바라는 탄원서 한통만 써달라고 한다
판사놈 눈에서 뚝뚝
닭똥 같은 눈물이 쏟아져나올 수 있도록
멋지게, 한통만 써달라고 한다
어느새 소문은 시녀처럼 번져
옆 사동에서까지 청탁이 들어오고
간수까지 나서서 청탁을 물어온다
그러나 모를 일이다,
판사놈 눈에서 뚝뚝 닭똥 같은 눈물 쏟아져나올 때면
내 마누라 떠나고 없을지도.

작은 바람

내 바람 크지 않네
더도 말고 덜도 말고
식후에 피우는 한개비 담배만큼만
세상이
살맛났으면 좋겠네

봄은 기다려서 오는 건 아니었네

이하석

1

박영희는 걷는 사람이다. 끊임없이 움직이며 기웃대는 사람이란 말이다. 그러니까 늘 바쁘다. 그리고 늘 역동적이다. 그가 없을 때에도, 지금쯤 어딘가를 쏘다니며 기웃거리고 다니겠지라고 생각되기 일쑤다. 그런 그가 "요즘은 틀어박혀 소설 써요"라고 말한 게 지난해 말부터다. 그렇다고 해도, 여전히 바쁘게 움직이고 있을 거라는 생각을 떨치기 어렵다. 그는 걷는, 끊임없이 움직이고 있는 사람이라는 생각이 내 머릿속에 붙박여버렸기 때문일까. 늘 가까이서 걷고 있다는 생각도 들고, 언제든 멀리서 걷고 있다는 생각도 든다. 그렇지만, 그는 연락만 닿으면 바로 달려올 수 있는 사람이다. 달려와서는 자신이 돌아다닌 곳들, 자신이 만난 이들의 온갖 정보와 풍문들을 소나기처럼 쏟아놓아 한자리에 고여 있는 우리들의 심사를 흔들어놓는다. 그와 함께 서해안 곰소에서 만경강까지 여행한 적이 있었다. 바람이 몹시 불었던 겨울, 그가 누구보다도 사랑하는 사람이라 여겨졌던 수류성당의 최종수 신부 사제관에서 최 신부와 함께 셋이서 동침을 했고, 그 다음날 셋이서 함께 내쳐 돌아다녔다. 그때도 그는 어디에든 자꾸만 머물려 하는 나의 심사를 밖으로 밖으로 끌어내고 흔들어대곤 했다.

그래, 박영희는 걷는 사람이다. 세상 어디든 가서 살펴보아야 한다고 여기는 것일까. 그 때문에 곤욕을 치르기도 했다. 만주까지 가서 글 쓸 자료를 찾느라 두만강을 건넌 죄로 1992년 1월 국가보안법에 걸려 98년 8·15 특사로 풀려나오기까지 무려 6년 반을 감옥에서 보내야 했다. 죄목이 '잠입 탈출'이었다. 그게 참 절묘하게, 그에게 딱 들어맞는 죄목이라고 혼자 생각하고 웃은 적이 있다. 세상을 뒤지고 돌아다니다 보면 잠입 탈출이야 할 수도 있는 게 아닌가. 그럴 때 그의 걸음은 예삿일이 아니다. 감옥생활 체험 시들을 싣고 있는 이번 시집의 4부 시들 가운데 첫 작품이 감옥에 들어간 직후 가졌던 절망감을 걷는 것에 빗대어 드러내고 있을 정도로 걷는 것은 그에게 중요하다.

이제 올 데까지 다 왔다

여기서 더 갈 수 있는 길이 하나 있다면
그것은 죽음, 도적놈들과

살인자들과 함께 밥을 먹는 것이 아니다

  창문을 열면 한눈에 들어오는
  저 감시대 밑 사형장과 함께 밥을 먹는다
                              ——「감옥에 들어가서」 전문

  그를 감옥에 넣은 것은 더이상 걸을 수 없도록 묶어놓은
셈이 된다. 언제 어느 때든 돌아다니는 게 '본질'인 그에게,
그것만큼 참기 어려운 형벌이 어디 있었겠는가. 그러므로
그가 감옥 안에서 꿈꾼 게 '오직 걷는 것'이었음은 조금도
이상하지 않다.

  출소하면 말예요
  술도 안 마시고
  밥도 안 먹고
  연애도 안할 거예요

  哭星場에 가
  고무신부터 한켤레 살 거예요

  그 고무신 다 닳도록
  미친 듯 걸을 거예요
                              ——「출소를 꿈꾸며」 부분

2

박영희는 늘 걷는 사람이다. 걷는 사람은 생각이 안에보
다는 밖에 더 있게 마련이다. 그러면서 자주 첫 출발지, 아
버지와 어머니가 있는 그 '안', 아내가 있는 그 '안', 친구들
이 있는 그 '안'의 세계로 되돌아오기도 하지만, 그것은 어
느 때고 '밖'으로 나갈 준비가 되어 있는 일시적인 회귀에
불과하다. 그는 부모에게는 늘 가출 소년이며, 국가적으로
는 잠입 탈출범이 될 수밖에 없는 사람인가.

찾아오기만 하면 언제고 당신은
밤하늘의 별처럼 한곳에 붙박여 계시건만
못난 저만 바람처럼 떠돌았던 모양입니다
        ——「성묘」 부분

일곱해 만에 돌아온 셋방,
아내는 밥상을 차린다
숟가락이 놓이고
젓가락이 놓이고
하얀 쌀밥이 그릇에 담긴다
그런데 누구인가, 나를 밀어내는 자는
        ——「가석방자의 노래 1」 부분

'안'으로 돌아온 그의 모습이 곧잘 회한의 감정에 휩싸이

고, 안정이 안되는 것은 늘 바깥을 떠돌던 그로서는 당연한
일인지도 모른다. 그는 늘 '안'에게 미안하다. 아버지와 어
머니에게 미안하고(「아버지에게 가는 길」「성묘」), 아내에게
미안(「아내의 브래지어」)하다. 친구들 사이에서도 자신만이
곁돌고 있는 듯한 생소한 느낌에 휩싸이기도(「노래에 관하
여」) 한다. 그러면서 그가 '안'으로부터 이해받고 싶어하는
것은 자신의 바깥일이 의미가 있다고 여기기 때문이다.
'안'의 세계는 그의 태생적 환경이며, 기본적 생활의 공간
이자 사유의 공간이다. 어쩌면 그가 '밖'으로 나갈 수 있는
것도 그 '안'을 확실하게 생각하기 때문일 것이다. 어쨌든
생각이 밖에 있고, 그래서 언제든 돌아다녀야 직성이 풀린
다는 것은 내성적인 성찰 이상으로 바깥의 일에 참여하고
있다는 말이 된다. 그래, '박영희가 걷는 사람이다'란 말은,
그가 세상일을 온몸으로 따지는 사람이며, 그만큼 열심히
세상일에 참여하는 사람이라는 말이다.

> 입 닫고
> 귀 열어라
>
> 어떤 노래가 들려오는가
> 누구의 말이 못이 되어 박히는가
>
> 계곡은
> 함부로 물을 흘려보내지 않는다

두 개의 눈은 빛나지 않아도 좋다
시력을 잃어도 좋다

손이 말하게 하라
발이 말하게 하라

　　　　　　　　　　　　——「나의 잠언」 전문

　'말함'과 '봄'은 개인적인 일일 수가 더 많지만, '손'과
'발'에 대한 믿음은 바깥일, 곧 더불어 살아가는 이웃에 대
한 관여와 관계된다는 점에서 그는 더 중요시한다. "입 닫
고/귀" 여는 행위를 시의 앞머리에서 강조한 것이 이를 잘
보여준다. 그는 늘 주위의 누군가의 말에 귀를 기울인다.
그 말이 "못이 되어 박히는" 것을 마음 아파하고 함께 슬퍼
하고 분노한다. 왜냐하면 나와 주위 사람들은 각자 외로운
개인인 개별적 존재가 아니라 하나의 연대적 존재로 이어
져 있음을 느끼고 있기 때문이다.

어떤 것은 벗기면 초라해지고
저 잘났다고 설치는데
형체마저 알아볼 수 없이 으깨어진 콩은
뭉쳐서 네모난 두부를 만들고
어우러져 하나 되는 법을 가르친다
간장을 쏟아붓고

시어빠진 김치를 쏟아부어도
허연 살덩이는 꿋꿋하다
칼로 자르면 분배의 원칙을 가르쳐주고
시커먼 손으로 제 살 파먹으면
얼굴 마주하는 법 가르쳐준다
냉장고에서 꺼내 뜨거운 물 속에 쳐넣어도
넉넉함을 잃는 법이 없다
어떤 것들은 제 살 파먹으면
두 눈 치켜뜨고 지랄이건만
으깨어져야 비로소 하나 되는 법을 가르쳐준다

──「두부」전문

각자의 개성도 중요하지만, 세상살이에서 더 중요한 것
은 "어우러져 하나 되는 법"이다. 어우러지기 위해서는 자
기의 고집과 아집을 버려야 한다. "으깨어져야 비로소 하나
되는" 것이다. 그것은 흡사 사진을 찍을 때 "숨을 죽이고,/
침착하게,/사랑하는 이의 마음이 나와 일치를 이루었을
때"(「셔터」) 셔터를 누르는 것처럼 사랑을 위한 지극한 자
세를 가질 때 가능해진다. 또한 "사랑하는 이의 눈빛을 찍
는다는 건/곧 나를 찍는 일"이라는 '나'와 '너'의 일치감이
없이는 이루어질 수 없는 일이다.

3

기실 박영희는 걷는 사람이지만, 여전히 처음 자리에 있는 사람이다. 그 자리는

나를 일으켜세운 건
사랑하는 아내도
끝까지 버팅기고 남아 있는 동지도
눈물겨운 시도 아니었다

나를 일으켜세운 건
평안도 용강에서 농사를 짓고 있다는 네 아버지와
전라도 무안땅에서 왼종일 땅만 파는
무지렁이 내 아버지의 탄식이었다
태풍에 쓰러진 벼포기들을 일으켜세우던
그 거친 손길이었다
                                    —「그리고 십년」 부분

라는 좀더 근본적인 삶의 문제 자리이기도 하고, 처음 먹었던 마음을 지키는 자리, 곧 '중심'의 자리(「팽이」 「중심」)이기도 하다. 세상은 변하지만, 그리하여 "잠시 저 미풍에 보릿모가지 흔들리듯 흔들리"지만, "함께 놀아나지는 말 일"(「세상은 변한다, 그러나」)이라고 다잡는 마음자리가 또한 그 자리다.

그 자리는 물론 가만히 앉아서 차지할 수 있는 자리가 아니다. 그가 끊임없이 걷고 행동하는 것은 그 자리를 지키는 일이 단순히 '안'의 문제가 아니라, '바깥'의 문제와 긴밀하게 필연적으로 이어져 있기 때문임을 알기 때문이며, 그러므로 세상일의 온당한 참여야말로 그 자리를 가장 확실히 지키는 일임을 믿기(「국가보안법」) 때문이다. 이 모순! 그러나 이러한 모순은 그의 세상 관여가 세상 사람 사랑에서 연유됨을 확신하고 실천함으로써 해소된다는 사실이 중요하다. 흐름만이 물을 썩지 않게 하듯, 그는 제 튼튼한 발로 세상을 걸으면서 모든 삶을 지켜보고, 지키는 것만이 바로 그 자리, 자신의 삶터를 온전히 지킬 수 있음을 믿는다. 그러나 그 자리는 또 얼마나 엄청난 '건널목' 너머의 세계인가. 조금만 흐트러져도, 조금만 방심해도, 조금만 지체해도 제때 건너가기가 지난해지는, 그런 자리이기도 하니까 말이다.

그의 시는 갇힘의 삶을 열림의 삶으로 변환하고, '팽이'처럼 중심을 잡고 서려는(「팽이」) 마음의 안간힘의 표현이며, 분열을 하나로 꿰매려는 통합의 정서(「옥류관에서」 「최후진술」)인 셈인데, 그 마음자리의 주소를 밝히는 것은 다음의 일로 남기련다. 다만 나는 그가 이제 마흔 줄을 넘어 여전히 걷기를 열망하는 모습을 보는 것으로 행복해한다. 그가 지금 어쩔 수 없이 어떤 '건널목'을 느낀다 해도 여전히 튼튼한 걸음의 문학을 위해 발을 움직이는 힘을 잃지 않고 있음을 확인하는 것은 얼마나 든든한 일인가. 다음 시는 그가 여전히 굳굳히 선 그 자리를 선명히 보여주고 있다.

> 마흔이 되자
> 서른은 외아주머니마저 떠나고 없는
> 외가와 같았다
>
> 서른에서 마흔으로 이어지던
> 계단은 그 어디에도 보이지 않고
> 외출이 뜸해지면서 자꾸만
> 페이지 속 활자로 눕고 싶은
>
> 질주가 멈춘 거리엔
> 건널목만 선명하다
>
> ──「마흔」 전문

시인의 말

마흔은 자신의 얼굴을 책임질 나이라고 했던가.

1990년 초겨울에 두번째 시집을 낸 뒤 서간집 한권을 겨우 묶어냈고 이제야 세번째 시집을 묶는다. 말이 앞섰다는 자책감에 걸음을 멈춰보니 여전히 건널목 앞이다.

7년간의 감옥살이가 남긴 건 눈물의 소중함이었다. 1년 남짓 함께한 사형수를 떠나보내고서였다. 어떻게 살다 갈 것인가, 그 위에 존재하는 건 아무것도 없었다.

뒤돌아보니 고마운 사람들이 너무 많다. 너무 많아 단 하나의 이름도 쓸 수가 없다. 나로 인해 상처받은 이들에게 정중히 고개 숙이며, 갇혀 지낼 때 어려운 걸음 해준 분들께 이 시집을 통해 마음의 안부를 전해본다.

무슨 말을 더 하겠는가, 그 세월이 짧든 굵든 정직하게 살다 갔으면 하는 것이 나의 사상이다.

2001년 초여름
대구 평리동에서 박영희

창비시선 209

팽이는 서고 싶다

초판 발행/2001년 7월 20일

지은이/박영희
펴낸이/고세현
편집/고형렬 염종선 박신규
펴낸곳/(주)창작과비평사
등록/1986년 8월 5일 제10-145호
주소/서울 마포구 용강동 50-1 우편번호 121-875
전화/영업 718-0541, 0542, 701-7876 · 편집 718-0543, 0544
          독자사업 716-7876, 7877 · 기획 703-3843
팩시밀리/영업 713-2403 · 편집 703-9806
홈페이지/www.changbi.com
전자우편/changbi@changbi.com
지로번호/3002568

ⓒ 박영희 2001
ISBN 89-364-2209-X 03810